親愛的鼠迷朋友，
歡迎來到老鼠世界！

謝利連摩·史提頓

U0099848

Geronimo Stilton

《鼠民公報》
辦公室

賴皮
（謝利連摩的表弟）

班哲文
（謝利連摩的姪兒）

謝利連摩・史提頓

菲
（謝利連摩的妹妹）

老鼠記者 83

謝利連摩流浪記

GERONIMO CERCA CASA

作　　　者：Geronimo Stilton　謝利連摩・史提頓
譯　　　者：陸辛耘
責任編輯：胡頌茵
中文版封面設計：陳雅琳
中文版美術設計：劉蔚
出　　　版：新雅文化事業有限公司
　　　　　　香港英皇道499號北角工業大廈18樓
　　　　　　電話：(852) 2138 7998
　　　　　　傳真：(852) 2597 4003
　　　　　　網址：http://www.sunya.com.hk
　　　　　　電郵：marketing@sunya.com.hk
發　　　行：香港聯合書刊物流有限公司
　　　　　　香港新界大埔汀麗路36號中華商務印刷大廈3字樓
　　　　　　電話：(852) 2150 2100　傳真：(852) 2407 3062
　　　　　　電郵：info@suplogistics.com.hk
印　　　刷：C & C Offset Printing CO., Ltd.
　　　　　　香港新界大埔汀麗路36號
版　　　次：二〇一六年十二月初版
　　　　　　二〇一九年六月第三次印刷
版權所有 • 不准翻印
全球中文版版權由Edizioni Piemme 授予

老鼠記者 Geronimo Stilton

謝利連摩流浪記

謝利連摩·史提頓
Geronimo Stilton

新雅文化事業有限公司
www.sunya.com.hk

目錄

家，溫馨的家　　　　　　　　　　　9

不懂犧牲的老鼠，不是一隻好老鼠……　18

史提頓先生，再見了！　　　　　　　30

這可是（好吧，曾經是）我的家！　36

別掛電話，大笨蛋！　　　　　　　40

什麼什麼什麼？一個小時？？？　　46

寫字枱裏的秘密抽屜　　　　　　　56

謝利連摩租房子　　　　　　　　　62

一片狂歡！　　　　　　　　　　　72

莎莉·尖刻鼠的老巢　　　　　　　80

蹦蹦，蹦蹦，蹦蹦鼠！　　　　　90

長爪·蹦蹦鼠的秘密　　　　　　　98

還我房子！　　　　　　　　　　106

歡迎回家，史提頓先生！　　　　112

莎莉 · 尖刻鼠

《老鼠日報》的總裁

班加里奧西 · 銀行鼠

妙鼠城老鼠銀行的行長

馬克斯 · 坦克鼠

《鼠民公報》創辦鼠

長爪 · 蹦蹦鼠

著名的籃球運動員

家，溫馨的家

我叫史提頓，謝利連摩·史提頓，經營着老鼠島上最暢銷的**報紙**——《鼠民公報》。這是一個**冬日**的早晨，我窩在自己溫暖又柔軟的牀上，迎來新的一天。

看着早晨的第一縷**陽光**穿過自己房間的窗戶，這種感覺可真是**奇妙**！我打開窗戶，然後用自己最喜歡的**茶杯**品嘗起熱氣騰騰的香茶。外面天寒地凍，可在我的家裏卻是這樣暖意融融！我一邊聽着自己最喜歡的**音樂**，一邊在我的廚房裏享用豐盛的早餐。我熱了一盤莫澤雷勒**乳酪**用來蘸着吃酥軟美味的牛角包和小甜點。啊，真是太美味啦！

我在我的廚房裏享用早餐！

然後，在我的浴室裏洗了熱水澡！

吃過早餐後，我在我的浴室裏刷牙和洗了**熱水澡**。接着，我打開我的衣櫥，挑選了一套那天想穿的**衣服**，最後用雞毛撢快速地（可是也很小心）打掃我客廳那放着**古董乳酪**收藏品的玻璃櫃。

啊，家，温馨的家啊！！！！！

我打開我的衣櫥，
挑選了一套衣服！

再用雞毛撢打掃我客廳那放着
古董乳酪收藏品的玻璃櫃！

這就是我的家，溫馨的家！

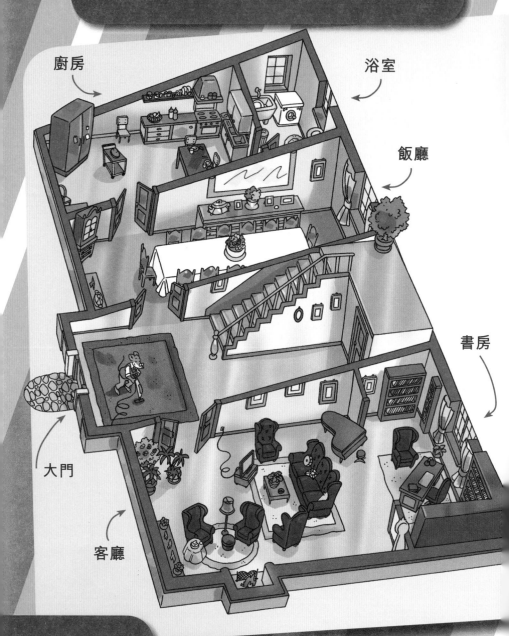

廚房

浴室

飯廳

書房

大門

客廳

地下

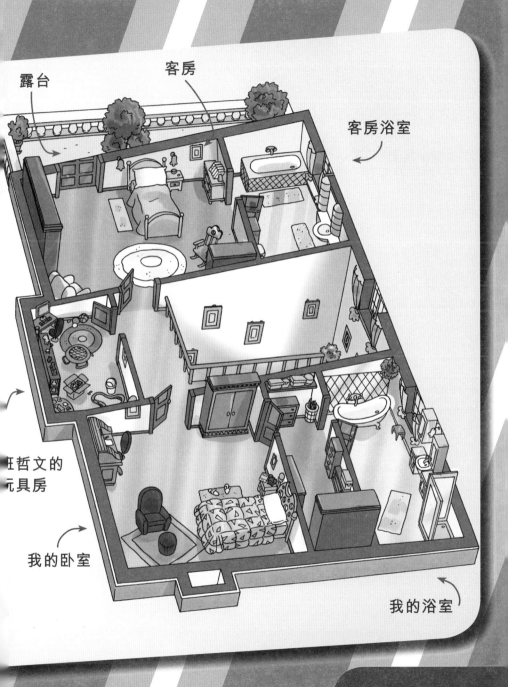

露台

客房

客房浴室

哲文的
玩具房

我的卧室

我的浴室

一樓

我是多麼熱愛自己的家啊！

我熟悉這個家的每一個地方，每一寸角落，每一處**細節**。我在這個家居住了很久，所以如今，它彷彿已經成了**我**身體的一部分。

就算白天我在辦公室遇到再大的**難題**，只要一想到晚上能夠**回家**……回到我自己的家，我就會感到安心！它總是給我安全感，用它的圍牆保護我，**就像甲殼保護烏龜一樣**。

每當我在**世界各地**冒險而陷入危險時，我總**盼望**着能夠快點回到自己的家……

　　在這個家裏，我不知經歷了多少美好的時光！一直以來，我有許多假期、節日、生日，以及一些特別的時刻，都是在這個家裏**跟親愛的朋友和家鼠**一起度過……

我是多麼熱愛自己的家！

那天早晨，我一邊**打掃**，一邊打開了電視機看 新聞 ，想聽聽最近社會上發生了哪些事情。

令我吃驚的是，我居然看到**莎莉・尖刻鼠**在接受採訪！對了，她是《老鼠日報》的總裁，也是我的業界競爭對手。在電視畫面裏，她正揮舞着他們出版的報紙，看起來**一臉得意**的樣子。

《鼠民公報》出現赤字，面臨財困！

《鼠民公報》出現財政赤字！

　　記者問她：「貴報最近披露了一則**爆炸性新聞**……也就是著名日報《鼠民公報》即將倒閉的消息，請問，這是真的嗎？你能肯定嗎？非常肯定嗎？**非常非常肯定**嗎？」只見莎莉一邊竊笑，一邊回答道：「當然肯定，非常肯定，百分之百肯定！你覺得我是那種無憑無據就會隨意披露**消息**的老鼠嗎？這可是**班加里奧西·銀行鼠**親口告訴我的！要知道，他可是妙鼠城老鼠銀行的行長！」莎莉話音剛落，那個班加里奧西就在電視**熒幕**上出現。咦？他怎麼變矮了呢？還好像比以前**臃腫**了。太奇怪了！

不懂犧牲的老鼠，
不是一隻好老鼠……

出乎意料，班加里奧西居然真的給公眾確認了這則消息：「我們對《鼠民公報》感到非常惋惜。我們剛剛通知了馬克斯‧坦克鼠——《鼠民公報》創辦鼠……**很遺憾**，都是因為謝利連摩‧史提頓，也就是他的孫子，令報紙面臨停刊倒閉！《鼠民公報》的賬戶已經出現**赤字**，沒有比這更嚴重的**赤字**了！」

我不禁尖叫起來：「啊？*什麼什麼什麼？*賬戶**赤字？**都是因為我？」不行，我要立刻趕去報社！我一邊匆匆穿上衣服，一邊仍然抱着希望，覺得那全是莎莉為了提高她那份**報紙**的銷量而胡亂捏造的故事！可是，為什麼

連班加里奧西也證實了這個說法呢？……真是太奇怪了！

我向金魚**安妮芭兒**告別後，隨即衝出家門。我要把這事給好好弄清楚。

我朝着餃子大街走去。這時，因為焦慮，我的鬍鬚也不禁**顫抖**起來。

我終於到達了《鼠民公報》大樓，進入了自己的辦公室。

很遺憾，一到那裏，我就發現一隻鼠正在等我。他身材健碩，長着一頭灰色的毛髮，戴着**鋼質**眼鏡框的眼睛，目光堅定……

那是馬克斯爺爺，他**嚴肅**地說：「孫兒，我要告訴你一個可怕的消息。不過，你不用

馬克斯·坦克鼠·

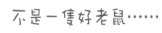

擔心，我會想辦法解決這個問題的。」

我擔心地叫道：「你……你要告訴我一個糟糕的消息，卻又叫我不用**擔心**？到底是什麼消息？」

他把一隻手爪搭在我肩上，注視着我的雙眼，說道：「孫兒，今天早上班加里奧西・銀行鼠給我打了電話，說《鼠民公報》的賬戶已經出現**赤字**。總之，接下來的這段時間將會非常艱難……不對，是**非常非常艱難**……不對，是**非常非常非常艱難**！我們大家都要做出一點犧牲，尤其是你！」

我不禁問：「賬戶赤字？做出一點犧牲？可究竟是什麼犧牲？而且為什麼是我？」

爺爺繼續說道：「孫兒，在面對**危難**的時候，一隻真正的老鼠會為了大家而犧牲自

懶鬼？

傻瓜？？

蠢蛋？？？

己⋯⋯我不知道你究竟是一隻真正的老鼠呢，還是只是一個**懶鬼**、一個**傻瓜**、一個**蠢蛋**，總之，一隻沒有個性的老鼠⋯⋯」

我憤怒地喊道：「我說，你能不能先告訴我，我到底要作出什麼樣的犧牲，然後再說我只是一個**懶鬼**、一個**傻瓜**、一個**蠢蛋**，一隻沒有個性的老鼠！」

爺爺擦乾了一滴**眼淚**，繼續說道：「親愛的孫兒，《鼠民公報》現在面臨倒閉⋯⋯所以你必須得作出犧牲！」

我喃喃回答：「我不知道《鼠民公報》

竟會突然陷入這樣的危機……這太奇怪了！」

爺爺開始**抽泣**：「孫兒，情況很嚴重，不對，是非常嚴重，非常非常嚴重！！！《鼠民公報》隨時有可能會**倒閉**！想想你的那些員工吧！他們可能會突然失去了工作！好好想想吧，孫兒！」

我**支支吾吾**：「我這不是正在想嘛！嗯，那我……我到底能做些什麼呢？」

他用**手****爪**在我肩上拍了拍，說道：

情況很嚴重！

「唉，你總算問到關鍵（我就說，你不會是個**傻瓜**！）你看，孫兒，要是你願意作出一個小小的犧牲，那麼說不定，一切都有可能得到**解決**。」

「我究竟該作出怎樣小小的犧牲呢？」

他低沉地說道：「你呢，必須把你那幢房子給**賣掉**，這樣我就可以用那筆資金把《鼠民公報》重新帶上正軌。」

我忍不住叫了起來：「啊啊？什麼？把我的房子賣掉？那我還能在哪兒住？」

他繼續抽泣：「你怎麼會這樣**自私**？你還是不是我認識的那個孫兒？簡直就和所有其他鼠一樣**自私**！你知不知道，多少家庭會因為我們倒閉而難以為繼，你居然無動於衷？我一手創辦的《鼠民公報》快要面臨**破產**，你

居然也無動於衷？嗯？嗯？嗯？」

　　我已被爺爺折騰得無力：「拜託，先讓我好好考慮行不行？如果真的需要我作出犧牲，那麼也許，有可能，不對，是肯定，不對，我會義不容辭作出這個犧牲的。總之，我會**賣掉**我的房子。如果這樣做，真的能拯救《鼠民公報》……」

　　他用我的袖子擦乾**眼淚**（哎喲！），然

他用我的袖子來擦眼淚！

然後，他用我的新領帶來擤鼻涕！

後用我的新領帶擤了擤鼻涕（**哎喲喲！！**），還從我的口袋裏抽出了我的錢包（**哎喲喲喲！！！**）。

「孫兒，要是你同意，那麼你就把所有的現金先交給我來保管吧，《鼠民公報》也許能**用得上**！」

他還拿走了我的**金陀錶**（*那可是麗萍姑媽送給我的禮物，我喜歡得不得了！*），之後

他從我的口袋裏抽出了錢包……

……金陀錶，還有鋼筆！

又從我的上衣內袋裏拿走了白金鋼筆（*那可是我贏得的第一項新聞大獎，超級珍貴的回憶！*）。

隨後，他說：「這些小玩意兒也暫時讓我保管吧，我去把它們賣了來換點現金。你不會介意吧？」

怎麼會不介意呢？可是，我含着**淚水**，垂下腦袋說道：「如果這樣做，真的能拯救《鼠民公報》的話，那你就全部拿去好了。」

爺爺還要我在一張紙上**簽名**（*我實在是灰心喪氣，甚至都沒問他為什麼要簽名*），隨後便揚長而去，留下我獨自待在辦公室裏。

我很**傷心**，不對，是**非常傷心**，不對，是**非常非常傷心**。哪怕是想到晚上可以回家，我也沒法再高興起來，因為那裏，很

快就不再是**我的家**……

　　不管怎樣，我還是打起了精神，因為我必須立刻回家，出售房子，**收拾**物品，並為自己找一個可以睡覺的地方……

　　我離開辦公室，剛走進編輯部，就看到《鼠民公報》的所有員工都向我身邊圍了過來。他們個個神情憂傷，對我低聲說道：「啊，謝利連摩，大家都知道了。我們**很遺憾**，這對你來說，一定很不容易！感謝你為我們所作的犧牲……」

　　我揮了揮**手爪**，示意他們這沒關係。可是，他們怎會知道那幢房子對我來說有多重要，它珍藏了我所有最珍貴的記憶，一想到不得不把它賣出，我的心都要碎了。

　　就這樣，我忍不住**嚎啕大哭**了起來……

史提頓先生，再見了！

我努力使自己振作，離開了《鼠民公報》大樓。可是，走在路上，我還是免不了**垂頭喪氣**。

街角的賣花鼠迎面向我跑來。她眼含熱淚，送我一朵**玫瑰**。

「這是我送給你的。你是這樣一位**彬彬有禮**又**情感豐富**的好老鼠（在今天，這樣的老鼠可真是不多見了！）。我會想念你的，你知道嗎？**史提頓先生，再見了！**」

她開始抽泣，於是我倆一起痛哭了很久，直到我要乘搭的**巴士**進站了才停下。

不久，我在家門前下了車。巴士正緩緩離開車站，這時，司機將腦袋探出窗戶，大聲喊道：「真遺憾，以後每天早上都見不到你了！

史提頓先生，再見了！」

就這樣，巴士又駛入了繁忙的大街。我走過平日裏經常在那裏享用**早餐**的麵包店。這時，麵包師傅維尼羅·香草鼠衝出來，給我送上一個免費的牛角包：「快拿着吧，史提頓先生。我已經**知道了**你要離開這裏的消息。這真是太遺憾了。你就再吃一個你最喜歡的熱乳酪牛角包吧……**再見了，史提頓先生！」**

你到底有沒有賣出
這間破屋子呀？

　　我終於**來到**自己的家門前。正
當我要進去時，不知是誰拍了拍我
的肩膀，還把腦袋**湊到**我的一隻
耳朵邊說：「表哥，你到底有沒
有賣出這間破屋子呀？已經拿到
現金了嗎？快點啊！爺爺可等着

急用呢！」

　　原來，那是我的表弟賴皮。

　　你們認識他嗎？不認識？那你們可真走
運。我啊，不止是認識，簡直是**太了解**他了！

　　我結巴着說道：「賴皮，我還來不及把
它賣掉……」

　　他粗暴地打斷了我，說：「你不用擔
心！這事交給我就行！」

　　我連忙抗議：「你？你從什麼時候開始

做起**地產經紀**，專門負責房屋和公寓買賣了？我怎麼不知道！」

他又**湊到**了我的另一隻耳朵邊說：「才不是，不是我自吹自擂，我可是妙鼠城裏最出色的『**萬能鼠**』！我能處理一切的問題！那就是──任何事情！所以呢……只需要一眨眼的功夫，我就能幫你把這間**破房子**賣掉！」

說着，他便打開了一個很大的 工 具 包，得意洋洋地說道：「快看，表哥，這些就是我作為一隻萬能鼠的 工具！你好好看，保證令你大吃一驚……」

對抗冬季的
大衣和棉褲

加強版手套用來
解決棘手問題

便攜式冰箱，
用來儲藏食品

瞬間冷凍冰塊，
用來保持冷靜

口袋記事簿

便攜式冷氣機

趕時間時必備
的運動鞋

名片

萬能鼠的工具包

電風扇，用於
冷靜頭腦

手提電腦

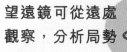
專業工具套裝

相機

迷失方向
時用上的
指南針

園丁工具套裝，將
問題連根拔起！

用來敲走困難
的錘子

望遠鏡可從遠處
觀察，分析局勢

用於仔細觀察
現場的放大鏡

用於測量麻煩
的捲尺

這可是（好吧，曾經是）我的家！

我**一片茫然**：「這個……如果你覺得可以，如果你真的真的肯定自己可以勝任……那我這裏沒什麼問題！就由你來出售它好了！反正總要有鼠去做這件事，如果是某個親戚，**說不定**還好些，這樣我可能還更容易接受，不會那樣**不捨得**……唉！」

我停了下來，吸了吸鼻子，然後擦乾**眼淚**，繼續說道：「那你可好好聽着，一定要盡量賣個好價錢！我要把《鼠民公報》和所有員工的家庭從**危機**中解救出來！」

賴皮擺出一副不屑的樣子，嘰哩咕嚕地說

道：「你得讓我看看這幢破房子再説⋯⋯否則我怎麼**判斷**它究竟值多少錢呢！」

他一把抓起望遠鏡，開始仔細觀察起**屋頂**：「嗯，這房子吧，不算新，也不算舊，但外觀肯定是**過時**了。你看，屋頂顯然需要翻新⋯⋯」

隨後，他又繞着房子**飛快地**跑了一圈，一邊不停用錘子敲打牆面，一邊尖叫道：

屋頂需要翻新！

賴皮看了看屋頂⋯⋯

這裏有裂縫！

又檢查了外牆⋯⋯

花園需要重新修建！

他又檢查了花園裏的泥土……

唉，太普通了！

檢查了內部裝修……

「牆上這裏有**裂縫**！快看快看快看！那個角落裏居然有**霉斑**！還有那根排水管，快爆裂了！」

他還用袖珍**鋤頭**動作利落地檢查起花園裏的**泥土**，咕噥着說道：「花園需要重新修建。我說你平時都在幹些什麼呀？」

話音剛落，他又鑽進房子，從一個**房間**躥到另一個房間，用放大鏡仔細打量裏面的一

切，然後**喋哩咕嚕**地說道：「裝修馬馬虎虎，有點陳舊，而且太普通了（只有你收藏的**十八世紀乳酪**，還值那麼一點錢）！」

聽到他這樣說，我不禁急叫了起來：「絕不能碰我的古董乳酪！我要把它們全部帶走！那是**私人**收藏，不能**變賣**！」

隨後，他便舉起相機，咔嚓咔嚓，開始一陣狂拍：「表哥，這些照片到時也許會有用。我可以試着（我是說「試着」）賣賣看。唉，這種小地方，這種**破房子**，總之，我覺得拿不到多少錢⋯⋯」

我終於**忍無可忍**，對他大喊了起來：「夠了！我不許你再這麼說了！這不是什麼破房子，這可是（好吧，曾經是）我的家！」

別掛電話，大笨蛋！

　　我開始**嚎啕大哭**。賴皮看見我這副模樣，語氣總算溫和了下來（*不過也只是那麼一會兒的時間*）：「別哭啊，表哥，別哭！哭可解決不了問題！這幢房子，你究竟還想不想**出售**呀？」

　　我必須賣了我的房子，哪怕我一點都不情願，我回答了他，因為我已經向爺爺作出保證。再說，《鼠民公報》正處於**危難**之中。一隻真正的老鼠，就該懂得在必要的時候作出犧牲！

　　他搖了搖頭，又開始**嘰哩咕嚕**：「我真為你的房子感到遺憾，表哥，可如果必須這

麼做，那就得趕快行動！

「反正我會想辦法幫你把它賣掉，而且一定會儘快。長痛不如短**痛**！我們越快完成就越好，你說對嗎？」

我想了想，覺得賴皮的話並沒有錯，我必須**當機立斷**。而且，偏偏就在這個時候，爺爺又給我來了電話，他焦急地問我：「怎麼樣，孫兒，已經把房子賣了嗎？那些現金，什麼時候能到手？你可千萬抓緊了，現在的情況很**嚴重**，不對，是**非常嚴重！**」

我回答道：「放心吧，爺爺，一切（或者說，幾乎一切）都在掌握之中。我已經找到……呃，找到鼠幫我**出售**房子了！」

他咕噥道：「做得好，孫兒！」

我掛上電話，轉過身，看見賴皮已經開始

了**瘋狂的**電話推銷：「我這裏有一套為你度身打造的房子，斯托帕佐蒂博士，不過請你稍等片刻，別掛電話……

「啊，索爾切利女士，我跟你說，我已經找到了完全適合你的**房子**！簡直好好好極了！不過，請你稍等片刻，別掛電話……史諾賓頓女伯爵，你知道嗎，我剛剛發現了一幢**別致的**房子，對你優雅的孫女來說，簡直再

完美不過。但是請你稍等片刻，別掛電話……札佐利工程師，我剛**想起**，這裏有一間小屋，完完全全符合你的要求，不過請你稍等片刻，別掛電話……」

我戰戰兢兢地問道：「我還可以做些什麼嗎？」

他卻朝我眨了眨**眼睛**，回答說：「稍等片刻，別掛電話，大笨蛋！」

於是，我就在小壁爐前的**沙發椅**上坐下來，給我的金魚**安妮芭兒**餵點糧食。只見牠一臉憂傷地注視着我。

我只好試着安慰牠：「你看，安妮芭兒，我們得為**搬家**做好準備。呃，我還不知道我們會去哪裏生活，不過你不要擔心，我向你保證，**很快**我就會找到新家……」

就在這時，賴皮撓了撓我的尾巴。我不禁尖叫：「呀！」

可表弟卻制止我道：「噓！你小聲點！也許，有鼠願意接手你的破房子啦！」

可是，很快，他又重新恢復了專業的口吻：「你好，女士。啊，當然可以出售，是的是的是的，我向你保證……什麼？是否可以很快清空？這是當然！很快立刻馬上，只要你吩咐，我們現在就可以把主人趕出去。他叫謝利連摩·史提頓……謝—利—連—摩—史—提—頓，對，你沒有聽錯，就是經營《鼠民公報》的那個鼠……你說你什麼時候需要那幢房子？一個小時後？你是說六十分鐘？三千六百秒？當然沒問題啦！我很快就會要他搬走。我是說，我會馬上把他趕出這幢房子。不過，你也得馬上支付，一一秒一

也—不—能—耽—擱……你得支付一大筆現金，明白嗎？」

我被他的話嚇得**目瞪口呆**，朝他做出各種手勢，想讓他知道，我根本沒法在一小時內完成搬家。可他呢，只是**嘰哩咕嚕**動着嘴巴，做出另一些手勢（簡直就是輕蔑的手勢）回應我，意思是：「你只管交給我就行，**大笨蛋！**誰讓我是妙鼠城裏最厲害的萬能鼠呢?!」

不行啊，賴皮！

你只管交給我就行，大笨蛋！

什麼什麼什麼？一個小時？？？

　　很快，只見賴皮的臉上出現了一個燦爛的微笑：「那就這麼說定了！您把現金裝在 行李箱 裏帶來，我呢，保證您立即入住。包括裝修，這是當然，百分之百肯定！除了十八世紀的**古董乳酪**，我覺得那個**大笨蛋**，我是說謝利連摩‧史提頓，很在意那些玩意兒。」

　　我尖叫了起來：「我什麼也在意，家具，還有剩下的所有東西，全部都在意！可不只有我的古董乳酪珍藏！你不能要求我把它們全都留在這裏！」

賴皮對我做了一個**手勢**，意思是：「噓，你給我安靜！讓我好好工作！」最後，他在電話裏說道：「那就一小時後見。成交！再見！」

他掛上電話，**眼睛**裏閃爍着光芒。「根據計時，我在**三**小時**八**分鐘**二十**秒之內把你的房子賣掉了。厲害吧，嗯？馬克斯爺爺一定會感到滿意……」

說着他便把我**推**向了我的房間。

「我說，你還傻站着做什麼，還不趕快收拾？一個小時可是很快就會過去的，你不知道嗎？快點！給我動起來！」

這些珍貴的十八世紀乳酪收藏品，是我多年研究和苦心搜尋的成果。我走遍整座老鼠島，才找到這些獨一無二、臭氣熏天的稀有珍品。

我一點也打不起精神。

「可我怎麼能把一切都留在這裏呢？我所有的家具……」

「快點快點快點，除了一支**牙刷**、一支牙膏，還有幾條替換的短褲，你覺得你還會用到什麼呢？那再帶一張被子……」

安妮芭兒朝我瞪大了雙眼，而環繞在牠四周的水泡也似乎是在向我暗示：「**咕嚕咕嚕**……趕快行動起來吧，謝利連摩，一個小時可是很快就會過去的！」

於是，我只好找來一個行李箱，把牙刷、**牙膏**、幾條替換的短褲，還有我最喜歡的被子（那可是麗萍姑媽一針一線為我編織起來的）放了進去。接着，我又**打包**了我收藏的一塊十八世紀古董乳酪。唉，箱子裏已經

容不下其他東西了……這時，賴皮拿來了一個**計時器**：「抓緊時間啊，表哥！你還有三分鐘的時間，啊，不對，是兩分半……兩分鐘……一分半……一分鐘……三十秒……」

　　就在他即將把我推出門去的前一秒，我一把抓起了安妮芭兒居住的**魚缸**。我一邊垂頭喪氣地朝門口走去，一邊喃喃説道：「喂，別

推我行嘛！我自己會走！」我來到門外，突然想起要問他：「你還沒告訴我，究竟是誰買下了我的**房子！**」

賴皮的表情突然變得**神秘莫測**：「我之所以不告訴你，是因為我不能說。買家開出的**條件**是，不能讓你知道他是誰，否則合約就會長着翅膀**飛走！**我看，你還是趕快去給自己找個過夜的地方吧！收現金、兌現**支票**的事交給我來就行！總之，你不用擔心，我會將錢交給爺爺。這樣你應該能**滿意**吧，表哥？」

說完，他便當着我的面關上大門。砰！

就這樣，我把安娜芭兒居住的魚缸夾在胳膊底下，開始流浪街頭。我只覺得**心灰意**

冷，孤苦伶仃。

夕陽正逐漸下山，空氣變得越來越冷。突然颳起了一陣寒風，吹得我**渾身哆嗦**。

漸漸地，大片大片的雪花紛飛而下，為大地鋪上了一條潔白又柔軟的毯子。

奇怪……怎麼一個鼠也找不到……

我不禁想：「可憐的**安妮芭兒**！我還是趕快去旅館找間房住下吧，否則牠一定會被凍壞的！」可是，就在這時，我突然想起，我的錢包已經被爺爺**沒收**，身上連一塊錢也沒有了！

我怎麼會這樣可憐？我該怎麼辦呢？

於是，我打算找朋友們幫忙……

我立刻打起電話，可是根本沒鼠在家。

51

奇怪！也沒有鼠接聽**手機**來電！太奇怪了！啊！我想起來了！今天是妙鼠城建城日狂歡夜，我的所有**朋友**與**家鼠**全都去了山裏度假！只有賴皮和馬克斯爺爺留在城裏……我記得**一清二楚**，因為幾天前，就是我親自組織的旅行（還為所有鼠付了錢）！我還特意選擇了一座偏僻的島嶼，那裏是接收不到手機信號的，因為我想和朋友們無憂無慮地度過幾天，**沒有誰**可以為公事而打擾到我！這天**晚上**，我本該加入他們的……

我不願向賴皮求助，因為他已經幫了我忙（*而且是個大忙！*）。我也不願向爺爺求助，因為我不想讓他覺得我只是一個**傻瓜**、一個懶鬼，一個蠢蛋。我決定自己解決問題！我是一隻好老鼠！

我就這樣在街頭流浪了好幾個小時。不知不覺中，我發現自己來到了一扇鐵門前。那扇鐵門一直通向海鼠街的**公園**，那座花園也叫「失樂園」。

我十分熟悉那個地方，因為在我**小時候**，麗萍姑媽一直帶我去那兒玩耍！我推開**鏽跡斑斑**的鐵門，一路走了進去，直到發現那座熟悉的小橋。橋上有兩座精美的雕像，可是……現在怎麼會變得如此**破敗**！那裏有一座滑梯，有一架秋千，還有一間**木頭**小屋。我和妹妹菲可經常在那裏玩耍。

我匆匆躲進小屋，因為它能為我遮擋大雪和**狂風**。我抱着**安妮芭兒**的魚缸，蜷縮在地板上。在屋外，大雪悄無聲息地落下，很快，我就進入了夢鄉……

寫字枱裏的秘密抽屜

第二天清晨，**天剛一亮**，池塘裏的鴨子就開始嘎嘎叫個不停，我也因此醒了過來。我走出木屋，居然驚喜地發現：大雪已經為四周的一切繡上了潔白的蕾絲花邊……**太神奇了！**我頓時覺得，我是這世界上最幸福、最富有的老鼠，因為，這樣**美麗的景象**，只有我看到了，只有我！

可是很快，我就想起自己還有一個嚴重的問題需要解決：我得趕快為自己還有安妮芭兒找一個**家**！

我把行李箱藏在木屋的角落，然後徒步返回我的辦公室。我沒有**錢包**，沒法叫的士，

也付不起巴士票、電車票
或是地鐵票！

　　我剛到達辦公室，大
家就朝我圍過來，個個憂
心忡忡：「你怎麼看起來
這樣沮喪，謝利連摩！**你
還好嗎？**」

　　我不想告訴他們，我
一整晚都在公園裏露宿，
還在一間小木屋裏把自己
縮成一團。我不想讓他
們為我擔心。於是，我**漲
紅了臉**，小聲嘀咕道：
「呃，是的，我好得很
呢，呃，就是還挺好，情
況都這樣了，我也不能抱

呃……我好得很！

我要振作一點！

怨什麼。總之，**馬馬虎虎吧**……呃，也許會好轉的！」

我鑽進洗手間，讓自己重新振作起來。我**不想**把自己的問題壓在我那些編輯們的身上……

走出洗手間，我立刻把自己關進了辦公室。首先要做的，是打電話給**銀行**，告訴他們我要過去取現金。接電話的是**銀行鼠**，也就是銀行行長。他的聲音很奇怪，我差點沒聽出來。

「史提頓先生，昨天你的爺爺已經過來把你**所有的**錢都取走了。他說他已經取得了你的同意，還給我看了一張有你簽名的文件。文件上說，你同意……將這些錢用在某些重要的事項上，好像是用在《鼠民公報》上？要是我沒記錯的話。」

我臉色慘白，頓時想起了爺爺讓我簽名的那張紙。

我說了聲再見，掛上了電話。

我以一千塊莫澤雷勒乳酪的名義發誓，情況簡直比我想像的還要嚴重！我一定要為自己找一個新家，可是身邊能用的錢居然少得可憐。現在能湊合應急的，就只有一點備用款了（天有不測風雲嘛！）。它們藏在我寫字枱最後一格抽屜的秘密暗格裏（你們千萬別告訴

其他鼠呀，拜託，這可是個**秘密**！）。

幸好，我還藏了小量的錢，專門用來應對

突發事件！

現在情況緊急，該是這些備用錢發揮作用
的時候了⋯⋯

我數了數錢，雖然不多，但總比什麼都沒
有要好。

我寫字枱最後一格抽屜
的秘密暗格裏。

謝利連摩租房子

　　為了尋找房子，我打開電腦，連上了「老鼠遷居易」的網站，心想：「如果真有誰能夠專門解決所有鼠的麻煩，那就太好了！」

　　這時——恰恰就在這時，屏幕上突然出現了一則廣告，看起來十分有趣……

老鼠遷居易……

廣告上寫着：「萬能公司！專業解決各類麻煩，從**大**到**小**，從**淹沒**的**公寓**，到**破洞**的**紗窗**！」

經驗！效率！專業！ ⓧ

你是否遇上了麻煩？小麻煩，中麻煩，大麻煩，還是超大麻煩？

交給我們就好！

錢不在多，解決就好！
包君滿意，否則退款！

　　我以一千塊莫澤雷勒乳酪的名義發誓，這看起來就像是專門為我而成立的公司（*你們看，上面甚至還寫着「錢不在多」！*）。我滿懷希望，撥通了萬能公司的號碼。

　　接電話的是一把男聲，我覺得好像在哪裏聽過：「喂？這裏是萬能公司！請問你有什

麼麻煩需要解決？」

　　我開始解釋：「是這樣，我正在找房子，可是現在我的資金有些**短缺**……」

　　他打斷了我：「你不用擔心，交給我來解決就行！誰讓我是**萬能**的呢！」

　　雖然奇怪，可我真覺得這個聲音萬分熟悉……

　　「你的麻煩交給我來解決就行，**很快、立刻、馬上**！你要知道，昨天我才剛剛解決了一個大笨蛋的麻煩，只用了三小時八分鐘二十秒……」

　　我以一千塊莫澤雷勒乳酪的名義發誓，那個聲音真的太耳熟了！我覺得自己好像想起了誰，可到底是誰呢？

　　他最後說道：「那就在我公司門口**見面**

吧，智多巷11號！」

　　就連這個地址，我也覺得好像在哪兒聽過……

　　當我到達約定地點的時候，看見一輛轎車正在大雪中**顫抖個不停**。車門打開，從裏頭冒出一隻衣着**浮誇的**鼠，左耳上戴着耳環，穿着一件印有棕櫚樹的鮮黃色**襯衫**……

　　他叫了起來：「怎麼又是你？」

　　我也忍不住喊道：「怎麼又是你？」

我以一千塊莫澤雷勒乳酪的名義發誓，我之前怎麼沒有**聽出**他的聲音呢？

他不就是我的表弟賴皮嘛！

他露出了一臉壞笑：「哈，原來你就是剛才打電話的那個**笨蛋**啊！我就說嘛，怎麼這麼像你，一聽就是個**笨蛋**的聲音！好了，表哥，跟我來吧！我會給你個特價，你不用**擔心**！快上車，我現在就帶你去看看所有正在出售的房產，妙鼠城和周邊地區都有！」

就這樣，賴皮依次帶我看了：

極盡奢華的古堡……

市中心的現代公寓

謝利連摩 租房子

1）一座**古老的城堡**。城堡裏的古董家具極盡奢華，水龍頭全部由純金打造⋯⋯

2）一間**現代公寓**。坐落於市中心，裏面的家具全部由妙鼠城最著名的設計師設計⋯⋯

3）一幢**精緻的城郊別墅**，位置不近不遠，剛剛好⋯⋯

4）一處**鄉間小屋**，遠離城市，被田野包圍⋯⋯

每當賴皮對我說出它們的價格，我就忍不住**抽泣**：「唉，太貴了！」

最後，他把我帶到一間千瘡百孔的破屋

精緻的城郊別墅

鄉間小屋

千瘡百孔的破房子

子前。它的屋頂**漏水**，屋子向着垃圾場，旁邊還有一間鐵匠鋪，一刻不停地傳出震耳欲聾的**噪音**，更別說還散發着一股惡臭……

可哪怕是這一次，在他告訴我價格的時候，我還是忍不住**抽泣**：「唉，太昂貴了！」

賴皮終於按捺不住抱怨說：「喂……怎

這就是破房子的裏面！

麼會有你這樣**挑剔的**客户！如果連這個都嫌貴，那你就只剩下一個選擇了……」

就這樣，他把我帶去了……你們猜！沒錯，他把我帶去了失樂園！

他**得意洋洋**地說：「看，這個地方，給你是不是正好？又能住，又不用花錢！誰讓我是妙鼠城裏最屬害的**萬能鼠**呢?!我說，你至少也對我表達一下感激之情吧？」

我並沒有告訴他，這個解決方法，我自己在前一天**晚上**就已經找到了……可是我不想讓他失望，於是就對他說：「嗯，謝謝，就目前來說，這裏也可算是個棲身之所……」

不過，我才不會**坐以待斃**：我要把這裏好好改造一番！而且，很快，我的家鼠就會從**假期**歸來，到時候，他們就能幫我一把了……

1. 用櫟樹樹葉鋪成的軟牀墊
（柔軟的樹葉全部經過精挑細選，在寒冷的時候，往裏頭一鑽就好！）

2. 用柳樹枝葉編織成的窗簾
（這樣就可以擋風啦！）

3. 用簡單紙箱做成的
牀頭櫃

4. 用來擦亮鬍鬚的
松樹脂

5. 用來梳理皮毛的
Y型楓樹枝

6. 安妮芭兒的
飼料儲藏罐

7. 燒菜吃飯用的
鍋碗瓢盆

8. 用作凳子的
倒置花盆

9. 用來取暖和做菜的
小壁爐

10. 牆上貼上班哲文和菲的照片
（這樣就有家的溫馨感啦！）

一片狂歡！

第二天早上，我在公園的小噴泉裏洗了洗鬍子，還精心**梳理**一番。然後，我把**安妮芭兒**居住的魚缸夾在胳膊底下，朝《鼠民公報》大樓的方向走去。我已經做好準備，迎接新一天的工作，還有沒完沒了的麻煩……可是，當我*踏進*編輯部的時候，我卻驚訝得啞口無言，因為，辦公室內是一片**狂歡**的氣氛！

危機已經過去啦！

一片　狂歡！

　　大家有説有笑，還喝着草莓乳酪奶昔一起碰杯慶祝。這時，佩佩麗莎和所有其他編輯全都**迎面**向我跑來，**興高采烈**地大喊：「《鼠民公報》的危機已經過去啦！過去啦啦！過去啦啦啦！」

　　「啊？什麼？**危機**已經過去了？這怎麼可能？」我吃驚地問。

　　這時，馬克斯爺爺發言了：「這很簡單，**危機**已經過去了，是因為……它從來就沒有出現過！」

「什麼意思？什麼叫從來就沒有出現過？」

「**電視新聞**剛剛報道了這條消息：所謂《鼠民公報》財困遭遇倒閉危機的消息，完全是那個莎莉的**惡作劇**！」

我急忙打開電視，驚訝地睜大了**雙眼**。記者正在報道：「有關《鼠民公報》遭遇危機的報道全是虛假消息！而《老鼠日報》總裁莎莉拒絕承擔責任。」

就在這時，莎莉·尖刻鼠出現在**熒幕**

上。她嘰哩咕嚕地說道：「哼，這事怎麼能怪我呢？明明是**班加里奧西·銀行鼠**自己弄錯了賬目。哼！反正我才不想去關心，我只知道我們的報紙**銷量**已經大大提升，所以嘛……」

怎麼會有這樣厚顏無恥的老鼠！這個狡猾的傢伙，為了提高自己**報紙**的銷量，居然捏造出這個故事……而且，都是因為她，我居然還出售了心愛的房子！

　　就在這時，爺爺來到我的面前。他一臉**慈祥**，把金錶、鋼筆，還有錢包交還給我。

　　「你的財物都在這裏了，孫兒！現在，你可以自由支配財產了，但千萬不能**浪費**和**濫用**，知道嗎？我們誰也不知道將來會發生什麼……」

你的財物都在這裏了，孫兒！

謝謝！

我激動不已：「爺爺，那我的房子呢？我現在該怎麼辦？」

他嘰哩咕嚕地問道：「什麼叫你現在該怎麼辦？」

「爺爺，我現在已經無家可歸了。你不記得是你讓我把房子賣了嗎？」

「啊，沒錯，我記得。這個嘛，現在已經不需要你作出犧牲了，孫兒。我可以把你之前用來拯救《鼠民公報》的錢還給你。」說着，他便遞了一張支票給我。

我一邊爭分奪秒地朝外飛奔，一邊喊道：「謝謝爺爺先不跟你說了我現在有件急事要去處理理理理理！！」

我一路狂奔，跑到賴皮的萬能公司。只見賴皮正把腳爪翹在寫字枱上，一副大牌的樣子。

看見我來，他抬了抬左邊的眉毛。

「怎麼又是你？我能為你做些什麼呢，大笨蛋表哥？**麻煩事？小麻煩？大麻煩？**只要跟我說，我一定替你解決！我可是最厲害的萬能鼠，絕不吹噓！」

我氣喘吁吁地說道（從《鼠民公報》一路跑去那裏，我早就上氣不接下氣了）：「**危機**已經過去，不對，是從來就沒有出現過！我拿回了我的錢，現在我要重新搬回我的房子⋯⋯」

賴皮輕輕敲了敲我的腦門：「**咚咚咚！**裏面有鼠嗎？否則怎麼會出問題？我說，你這個**大笨蛋**，到底明不明白？房子賣了就是賣了！誰都無能為力了⋯⋯你唯一能做的，就是重新再把它給買下來！」

我不禁尖叫：「那就快告訴我，你究竟把它賣了給誰！」

他**固執地**搖了搖頭：「關於這個問題，根本沒有討論的餘地。我早就答應替買家保密，絕不會有一字半句從我嘴裏洩露出去，連一個音節也不會，連**字母表**裏的一個字母也不會……」

莎莉·尖刻鼠
購入我大笨蛋表哥，也就是謝利連摩·史提頓位於約克郡布丁街13號的房屋。

可是，就在他說話的時候，我注意到他把幾本**檔案**搬到書桌上，還假裝若無其事地拿起其中一本，放到我的眼皮底下……

就這樣，我清清楚楚看見了檔案上的內容：「莎莉·尖刻鼠。購入我**大笨蛋**表哥，也就是謝利連摩·史提頓位於約克郡布丁街13號的房屋。」

我大聲喊道：「不需要你**違背**諾言。你連一個字也沒說出口，是我自己發現的！」

他朝我擠了擠眼：「那祝你好運，**大笨蛋**！」

莎莉·尖刻鼠的老巢

我朝《老鼠日報》的總部 **飛奔而去**！我要找莎莉·尖刻鼠說清楚。

你們一定已經知道，那傢伙究竟是誰！她把自己說成「**我的頭號敵人**」，可我寧願把她稱為向《鼠民公報》發起（**不正當**）競爭的日報總裁。我實在弄不明白，為什麼她非要**打擊**我的報紙，甚至可以不惜一切代價……這一回，她可差一點就得逞了！

她的**野心**大到沒有邊際。我真為她感到遺憾，因為她大

我要拿回我的房子！

可不必如此。

我一邊**想着**，一邊朝《老鼠日報》的大樓走去，啊不，是飛奔而去。

當看見我**到達**時，那兒的編輯們一個個全都睜大了眼睛：「謝利連摩·史提頓？你不是《鼠民公報》的主編嗎？為什麼會來這裏？」

我一邊**跑上**樓梯，徑直衝向她的辦公室，一邊大聲喊道：「你們不用為我通報！我自己找她就行！」

莎莉·尖刻鼠的辦公室相當**寬敞**，牆面的顏色和冰塊一樣，家具全由水晶和鋼製做，閃着陰森的光芒。房內的陳設雖然**精緻**，可看起來根本不像是在迎接訪客，而是要拒鼠於千里之外。

想想我的辦公室，古色古香，温暖又

莎莉‧尖刻鼠的辦公室

温馨，再看看她的這間房，這兒冰冷又彆扭……

莎莉·尖刻鼠正坐在一張三角形的水晶桌前。看到我進來，她不禁冷笑了起來。

「呦，謝利連摩？你有什麼事嗎？哼！」

我一時語塞，不知道該怎樣開口。不過，我還是努力使自己鼓起勇氣，喃喃説道：「我已經知道，是你買下了我的房子……」

她又笑了：「你是説那幢破房子，那個破鼠窩？啊，是的，是我買下的。怎麼了？哼！」

我繼續説：「呃，我是想説，如果有可能，我想重新買回來。」

她突然爆發出一陣大笑，把我嚇了一跳。

「啊哈哈哈哈哈哈哈哈哈哈哈！」

「你想重新從我這兒 **買回去**？想都別想，哼！！！你知道我打算怎麼處理你的房子嗎？哼！哼！」

我的聲音不禁 **顫抖** 起來：「不，我不知道你要怎麼處理我的房子。」

因為激動，我突然感到一陣 **暈眩**。為

了不讓自己摔倒，我不得不扶住桌子。而她呢，居然連張椅子也不給我（也太沒禮貌了吧！）。

莎莉·尖刻鼠拿着我房子的鑰匙，在我面前**搖來晃去**：「你的房子會被**推倒**，然後夷為平地，徹底消失！在它原來的位置上，讓我想想，我會建造……」

一座生產魚食的工廠……

一座哀傷淒涼的墓地……

又或者是垃圾堆填區……

她**狂笑不止**，最後道：「你覺得我應該怎麼處理好呢，史提頓？是魚食工廠好呢？還是墓地好？或者是垃圾堆填區？哼！哼！哼！**不過，要是你肯求我，說不定……**」

我立刻跪了下來：「我求你了，莎莉，請你把**我的房子**賣回給我吧！我對它的感情太深了！在那幢房子裏，我已經留下了我的整顆心……你說吧，你想要什麼！我願意用任何東西跟你交換！」

看見我這樣低聲下氣，她**得意地**又發出一陣冷笑。

「我可以把你的房子重新賣給你，**只要**……太陽從西邊——而不是東邊升起，**只要**……藍色的大海變成紅色，**只要**……」

莎莉・尖刻鼠指了指身後的一幅大海報，依舊笑個不停。只見海報上畫着一個又高又瘦的老鼠，正打着籃球。

「……我可以把你的房子重新賣給你，**只要**……你可以讓長爪・蹦蹦鼠接受一次採訪！哼！哼！哼！」

我不禁瞪大了雙眼：「你是說**長爪・蹦蹦鼠**？那個大名鼎鼎的籃球運動員？這輩子從來不肯接受採訪的那一位？」

「沒錯，就是他，哼！如果你能在十二個小時之內讓他接受採訪，我就把你的房子還給你，分文不收！可要是你**失敗了**，那麼房子就歸我所有，而且在你這輩子剩下的時間裏，你還必須免費替我幹活！」

名字： 長爪

姓氏： 蹦蹦鼠

身分： 著名籃球運動員

愛好： 籃球、閱讀、古典音樂、烹飪

夢想： 參加同貓爾堡湖人隊進行的世紀之戰

座右銘： 一日一賽，健康常在。

蹦蹦，蹦蹦，蹦蹦鼠！

　　我垂下腦袋，**憂心忡忡**。我根本不敢去想這事的後果！可是，安妮芭兒卻從水缸裏向我投來了**哀求的**目光，彷彿在説：「求求你了！我想回家！」我也想回到我**自己的家**！好吧！我豁出去了！

這就是他的別墅！

我大聲喊道：「**我接受這個賭局，莎莉！**」

她按下了放在桌上的計時器：「好

啊！從現在開始，你有**十二**個小時的時

間給我採訪，哼！我就在這裏等你，直到

今晚十點！哼！哼！」

我 **衝出** 大樓，去我的辦公室繞了一

圈，把**安妮芭兒**安頓好，隨後一路跑到**長**

爪‧蹦蹦鼠的家門前。那是一幢豪華別

墅，坐落在山頂的住宅區裏。

我仔細研究了手頭上所有關於他的資料。我知道他身材**高大**，籃球天賦過人，保持着整個老鼠島上的進球**紀錄**，簡直無鼠能及，是迄今為止**最有名的**籃球選手⋯⋯就這些了。

有關他的童年，他的家庭，大家全都一無所知，因為，他從來沒有接受過任何傳媒**採訪**。

你能給我一次採訪的機會嗎？？？

蹦蹦，蹦蹦， 蹦蹦鼠！

我怎麼可能賭贏呢？

我只有 **12** 小時的時間，不對，連12小時也沒有了！

我在他家門前埋伏下來，為自己武裝好紙筆，隨時準備好記錄。

沒過多久，我就看到他離開別墅去參加訓練。我等啊等，足足三個小時之後，我終於看見他回來了！可是，他坐在汽車裏，根本就沒注意到我，哪怕我已經叫得聲嘶力

竭：「蹦蹦鼠先生，你能給我一次採訪的機會嗎？」

到了下午，他又步行離開了別墅。可是，他身邊跟着**保鏢**，所以，我決定等他歸來時再提出採訪要求。令我失望的是，當幾個小時之後他的身影再次出現時，保鏢依舊**圍繞**在他身邊，手裏還多了不少**購物袋**。很明顯，他是去購物了！

閃開一邊去！

我嘗試着靠近，可是，其中一個保鏢卻將我**一把推開**，把我推撞開去，還惡狠狠地吼道：「閃一邊去！不許打擾**蹦蹦鼠**先生。你不知道嗎？他從來不接受採訪！」

　　唉，我怎麼會不知道呢⋯⋯

　　可憐的我啊！**賭局**的最後期限很快就到了！我只覺得心灰意冷⋯⋯不止是因為我再也拿不回那幢心愛的房子，還因為我不得不在自

己的下半生裏為莎莉**免費**打工！

夜幕降臨，我幾乎放棄了希望。可就在這時，別墅的鐵門再次打開了！就連這一回，出現在我視線裏的，還是**他**，就是**他**，一直是**他**，長爪·蹦蹦鼠！

我向他迎面**跑去**：「蹦蹦鼠先生，能接受我的採訪嗎？求你了！」

可他似乎根本沒有**看見我**，只是注視着

蹦蹦鼠先生，你能接受我的採訪嗎？

前方，邁開步伐，跑起來：

蹦蹦，蹦蹦，蹦蹦！

他的身邊，依舊有保鏢陪著。

我努力跟在他們身後，但是他跑得也太快了！現在，我終於明白，為什麼他會成為老鼠島上最**著名的**籃球選手！他的體能實在驚人！他跑起來就像一列永不停歇的**火車**！很快，我就被他們拋離在後面。

長爪‧蹦蹦鼠的秘密

就在我打算放棄的時候，**意外**發生了。我看到一個年邁的女士出現在街角，正要過馬路到對面。可是，她居然沒走**斑馬線**！與此同時，在她左方的轉角處，有一輛**大型的**貨車正向她駛去！可是她沒有留意那輛貨車，已經踏出了馬路……我毫不猶豫地撲向她，使出全身力氣大叫了起來：

「**停下下下下下下下！**」

總算，就在**大貨車**撞上她的前一秒，我抓住了她的一隻手爪，拯救了她的性命。而我自己卻因此絆了一跤，把腦袋狠狠撞到堅硬的

行人道上，頓時暈了過去。

　　等到我再次清醒時，我不禁驚魂未定地問道：「你怎麼樣了，女女士？你還還好嗎？」

　　她滿懷感激地注視着我，說道：「謝謝你，小伙子！是你救了我！」

　　貨車司機跑着來到了我們面前：「對不起，女士，我剛才沒看見你……」

　　她朝他微微一笑：「我沒事，孩子。幸好

這隻鼠及時出現。」

我站起身，雖然依舊**頭暈目眩**，還是輕輕吻了吻她的**手爪**：「我願隨時為你效勞，女士。」

「你可真是一位**紳士鼠**，這年頭像你這樣的好鼠幾乎已經不存在了！」

我不禁**滿臉通紅**（誰讓我是隻害羞的老鼠呢），正準備向她告別，可就在這時，傳來了一個聲音，高喊道：

「**媽媽**！」

我轉過身，看見了他。沒錯，是他，就是他，真的是他，**長爪・蹦蹦鼠**！

只見他一把抱住老太太，擔心地問道：

「媽媽，你還好嗎？你真是**嚇死**我了！」

老太太輕輕撫摸起他的臉頰。

「不用為我擔心，我的**小長爪**，我好得很。多虧這位紳士鼠救了我！」

長爪立刻轉向我，滿懷感激地握住了我的手爪。

「我該怎樣**感謝你**呢？這樣吧，你想要什麼，儘管告訴我！」

我激動地回答道：「呃，如果是這樣，那

請允許我做個自我介紹……

我該怎樣感謝你呢？

我不知道你是否可以接受我的……啊！請允許我做個自我介紹。我叫史提頓，*謝利連摩‧史提頓*，是《鼠民公報》的主編……」

他立刻露出了會心的笑容：「你是說《鼠民公報》嗎？那可是我最喜愛的報紙，幾乎每天早上也會讀！」

接着，他又說道：「我很樂意接受你的採訪。請跟我來，我們先一起吃飯。我告訴你個秘密。我之所以從不接受採訪，其實是因為我很容易害羞……可對你，我打算破例一次。我早就聽說你是一隻正派鼠，經過剛才的事，我就更加確信了！」

「我也很容易害羞，」我向他坦言，「所以我可以體會你的感受，完全可以！」

得知我也和他一樣，蹦蹦鼠不由笑了起來。我呢，也加入了他的笑聲。就這樣，我

在母親懷裏的長爪

長爪和他的金魚卡洛塔

和長爪還有他媽媽
共進午餐！

們互相講述着自己曾無緣無故面紅耳赤的故事，還有無數回語無倫次的經歷⋯⋯就這樣，**長爪**接受了我的採訪。我竟發現，除了**害羞**之外，原來我們還有許多其他相似的地方。比如：我們都喜歡閱讀，而且都熱衷古典音樂！我發現他也養着一條**紅色的金魚**，名叫卡洛塔（*我簡直迫不及待要把牠介紹給安妮芭兒了！*）

她的母親廚藝**精湛**，為我們烹製了好幾道乳酪，簡直太好吃了！接着，長爪帶我參觀了他的**獎盃**和獎章，還給我講了許多童年趣

事。

當我告訴他，我身上一點**運動細胞**也沒有的時候，他甚至還把我拉去院子教我**投籃**！總之，只是一個晚上的時間，我們就成了朋友，而且是那種彷彿已經**相識多年**的老朋友。突然，我看了眼手錶，立刻大叫了起來：「對不起！我必須**走**了！否則我就要輸掉賭局了！」

我向他告別，帶着精彩的採訪記錄和拍下的**照片**，飛也似的跑到大街上。

我實在太高興了！我不僅完成了採訪，而且還找到了知己！

他從小天賦過人！

長爪的所有獎盃！

我得到著名籃球員指導學投籃！

還我房子！

　　我看了看時間：啊！只剩下**十分鐘**了！
我要趕快**回到**莎莉·尖刻鼠的辦公室，只有
這樣才能贏下賭局！最後，當我匆匆來到《老
鼠日報》大樓的時候，距離最後期限就只有
三分鐘的時間了……

　　我看見莎莉的辦公室**燈火通明**。她在

等我！我上氣不接下氣地衝進她的辦公室，計時器的鈴聲正好響起：叮鈴鈴鈴鈴鈴鈴！

我還沒來得及開口，她就在我面前晃起了我房子的鑰匙，殘忍地嘲笑道：「好了，史提頓，我看你還是乖乖認輸了吧，哼！採訪長爪・蹦蹦鼠根本是個不可能完成的任務，哼！哼！哼！不對，應該說，我早就能肯定！要不然，我怎麼會跟你打這個賭呢？所以嘛⋯⋯你就準備好這輩子免費為我賣命吧，哼！好了，現在你要做的第一件事⋯⋯」

直到這時，我才終於鼓起勇氣，一臉自豪地從西裝內袋裏掏出一本寫有全部採訪記錄的筆記簿！

「莎莉，你一定不會想到吧，長爪已經

接受了我的 採訪 ，就是那個被你稱為『不可能』的採訪。」聽到我的話，她不禁瞪大了雙眼。

「什麼？長爪‧蹦蹦鼠？接受了採訪？你的採訪？開什麼玩笑！就算是親眼所見，我也不會相信！」

於是，我拿出了相機，給她看了我和長爪的 合照 。照片裏，我和他看起來可要好了！

莎莉‧尖刻鼠瞬間昏倒在地。她的編輯們不得不把一塊巴馬臣乳酪放到她鼻子底下，這

才使她**恢復了知覺**。

　　她一蘇醒就結結巴巴說：「好吧……你賭**贏**了……我是不是得把房子還給你……還有錢，是不是也歸你了？」

　　「完全正確，莎莉。」

　　她尖叫了起來：「這不公平！」

　　我義正辭嚴地反駁道：「不，莎莉，這很公平。是你自己提出要打這個賭的！可惜現在贏的是我，所以，快把**鑰匙**給我！願賭就要服輸！」

　　她心有不甘地把鑰匙遞到我面前。我一把抓過，興高采烈地跑出了《老鼠日報》的辦公大樓。

　　不過，在回家之

哼！

家，溫馨的家！

前，我先繞道去了**班加里奧西‧銀行鼠**——就是妙鼠城老鼠銀行行長——的家。我想和他**好好聊聊**。我們倆已經相識多年，所以，就算**天色已晚**，我也覺得無妨。

他一看見我，就立刻說道：「發生這樣的誤會，我真心感到遺憾，史提頓先生！我還得向你的**爺爺**表示歉意，他已經是我們的老客戶了！某個鼠把我關進了銀行的掃把儲藏室裏，某個鼠取代了我的位置，某個鼠散播了有關《鼠民公報》財困的虛假**消息**！你看，我剛被釋放，就立刻找來了頂級電視台，宣布《鼠民公報》沒有遭遇任何危機。可是，我不能告訴大家，某個鼠偷偷潛入了**銀行**……這會對銀行的聲譽造成影響，你知道嗎？所以，我拜託你，千萬別把這事告訴任何鼠！」

我安慰道：「你**放心**，我絕不會把這個

秘密透露給任何鼠。」

　　隨後，**班加里奧西**給我看了一張橡皮面具，還有一套和他一模一樣的西裝，發出了一聲歎息：「你看看這些！是否**想到**了那個老鼠呢？毫無疑問，肯定是某個非常**嫉妒**你們報紙的鼠⋯⋯我想到了某個鼠⋯⋯你呢？」

　　我幾乎可以**打賭**，他說的「某個鼠」，一定是那個厚顏無恥的鼠⋯⋯可是，我沒有證據！

真正的
班加里奧西・銀行鼠

由莎莉・尖刻鼠偽裝的
班加里奧西

歡迎回家，史提頓先生！

如今，所有謎團已經解開了。我向**班加里奧西**道別，然後返回《鼠民公報》的辦公大樓，去接回我的**安妮芭兒**。我和牠終於可以回家了！啊！我的家啊……

第二天早晨，當我走出家門時，眾鼠——

擁而上，紛紛圍到我身邊，與我擁抱：「歡迎回家，史提頓先生！你不知道我們有多想你，史提頓先生！」

當我走進《鼠民公報》的大樓，就連我的所有編輯也紛紛衝上前來，向我**祝賀**：「謝利連摩，我們都知道了！感謝你所做的一切！你是一隻真正的老鼠……不，應該說，是一名真正的**英雄**！」

就這樣，大家把我抬了起來，拋向空中，齊聲歡呼。

至於我的**朋友**和**家鼠**，則頗有怨言：「為什麼你不打電話給我們？我們可以幫你啊！」

我感激涕零地說：「朋友們，我知道你們是我堅實的依靠，我也的確找過你們，可是……根本沒有一個鼠接我的電話！因為，

你們全都在度假！」

　　這時，賴皮上前一步説：「可是，我在城裏啊！而且，還幫助了你，我的**大笨蛋**表哥！我説，你至少也對我表達一下感激之情吧？」

　　我一把抱住了他：「當然啦，賴皮！為了表達我的**感激之情**，我要請你吃一頓豐

盛的晚餐！不對，是請你們大家都來我家吃飯（現在它終於又變回了我的家啦）！」

就這樣，又一次的**驚險之旅**在一頓愉快的晚餐中劃上了句號。我和我最親愛的朋友們共同分享了一大堆**美味**的乳酪，還有……許多許多的笑聲和快樂！

晚餐結束，當我開始收拾房子的時候，我覺得自己是如此**幸福**！我自言自語地說道：「我以一千塊莫澤雷勒乳酪的名義發誓，不可能存在比這更完美的結局了！」

我躺到牀上，鑽進了**暖烘烘**的被窩，一直把被子拉到臉上。**安妮芭兒**的魚缸就在我身邊，在牀頭櫃上。我不禁陷入了思考……

我賭贏莎莉的那些錢，究竟該怎麼花呢？我向你們保證，那可是一筆不小的**數目**！

為了做到善用財產，我想了很久很久。我回想起在自己流落街頭的時候，妙鼠城裏有個特別的地方收留了我……那個特別的地方叫做「失樂園」！如果能讓它再現昔日的輝煌，那該有多好……

　　於是，我立刻決定把莎莉的這筆錢捐給妙鼠城市政府，用來重建樂園，種植新的樹木、植物還有花團，還要裝配先進的灌溉系統，修建噴泉、小橋和安靜的小道，直到這座樂園變得再次美麗，前所未有的美麗！

　　就這樣，在第二年春天來臨的時候，幸福園（現在它可不再叫失樂園啦）又重新開放了。妙鼠城的所有居民都高高興興地前來休憩，陶醉在花朵的芳香裏。

　　看着孩子們盡情地玩耍，我也跟着一起

高興。他們穿梭在花園、滑梯和秋千上，還有……那個木頭做成的小屋子裏。在那個寒冷的冬夜裏，是它給了我最溫暖的懷抱！

　　更令我高興的是，我終於明白，即使是處於困境的時候，我們也總能找到每一個問題的解決辦法……只要我們努力去找！就拿發生

在我身上的事來說，這次的**困境**讓我明白：要積極地面對生活，要對自己充滿**信心**，永遠不要放棄希望，在必要的時候，還要學會向**朋友**求助。

我想到了我的家鼠，還有我的朋友們，不禁充滿感激。他們總是在我身邊，時刻準備着幫助我，大家一起分享各種的探險經歷，有趣的，**可怕的**，喜悅的，**神秘的**……總之，所有的經歷，都是獨一無二的！

記住史提頓的話吧……

謝利連摩·史提頓

妙鼠城

1. 工業區

2. 乳酪工廠

3. 機場

4. 電視廣播塔

5. 乳酪市場

6. 魚市場

7. 市政廳

8. 古堡

9. 妙鼠岬

10. 火車站

11. 商業中心

12. 戲院

13. 健身中心

14. 音樂廳

15. 唱歌石廣場

16. 劇場

17. 大酒店

18. 醫院

19. 植物公園

20. 跛腳跳蚤雜貨店

21. 停車場

22. 現代藝術博物館

23. 大學

24. 《老鼠日報》大樓

25. 《鼠民公報》大樓

26. 賴皮的家

27. 時裝區

28. 餐館

29. 環境保護中心

30. 海事處

31. 圓形競技場

32. 高爾夫球場

33. 游泳池

34. 網球場

35. 遊樂場

36. 謝利連摩的家

37. 古玩區

38. 書店

39. 船塢

40. 菲的家

41. 避風塘

42. 燈塔

43. 自由鼠像

44. 史奎克的辦公室

45. 有機農場

46. 坦克鼠爺爺的家

老鼠島

1. 大冰湖
2. 毛結冰山
3. 滑溜溜冰川
4. 鼠皮疙瘩山
5. 鼠基斯坦
6. 鼠坦尼亞
7. 吸血鬼山
8. 鐵板鼠火山
9. 硫磺湖
10. 貓止步關
11. 醉酒峯
12. 黑森林
13. 吸血鬼谷
14. 發冷山
15. 黑影關
16. 吝嗇鼠城堡
17. 自然保護公園
18. 拉斯鼠維加斯海岸
19. 化石森林
20. 小鼠湖
21. 中鼠湖
22. 大鼠湖
23. 諾比奧拉乳酪峯
24. 肯尼貓城堡
25. 巨杉山谷
26. 梵提娜乳酪泉
27. 硫磺沼澤
28. 間歇泉
29. 田鼠谷
30. 瘋鼠谷
31. 蚊子沼澤
32. 史卓奇諾乳酪城堡
33. 鼠哈拉沙漠
34. 喘氣駱駝綠洲
35. 第一山
36. 熱帶叢林
37. 蚊子谷
38. 鼠福港
39. 三鼠市
40. 臭味港
41. 壯鼠市
42. 老鼠塔
43. 妙鼠城
44. 海盜貓船

《鼠民公報》大樓

1. 正門
2. 印刷部（印刷圖書和報紙的地方）
3. 會計部
4. 編輯部（編輯、美術設計和繪圖人員工作的地方）
5. 謝利連摩·史提頓的辦公室

老鼠記者 Geronimo Stilton

1. 預言鼠的神秘手稿
2. 古堡鬼鼠
3. 神勇鼠智勝海盜貓
4. 我為鼠狂
5. 蒙娜麗鼠事件
6. 綠寶石鼠之謎
7. 鼠膽神威
8. 猛鬼貓城堡
9. 地鐵幽靈貓
10. 喜瑪拉雅山雪怪
11. 奪面雙鼠
12. 乳酪金字塔的魔咒
13. 雪地狂野之旅
14. 奪寶奇鼠
15. 逢凶化吉的假期
16. 老鼠也瘋狂
17. 開心鼠歡樂假期
18. 吝嗇鼠城堡
19. 瘋鼠大挑戰
20. 黑暗鼠家族的秘密
21. 鬼島探寶
22. 失落的紅寶之火
23. 萬聖節狂嘩
24. 玩轉瘋鼠馬拉松
25. 好心鼠的快樂聖誕

26. 尋找失落的史提頓
27. 紳士鼠的野蠻表弟
28. 牛仔鼠勇闖西部
29. 足球鼠瘋狂冠軍盃
30. 狂鼠報業大戰
31. 單身鼠尋愛大冒險
32. 十億元六合鼠彩票
33. 環保鼠闖澳洲
34. 迷失的骨頭谷
35. 沙漠壯鼠訓練營
36. 怪味火山的秘密
37. 當害羞鼠遇上黑暗鼠
38. 小丑鼠搞鬼神秘公園
39. 滑雪鼠的非常聖誕
40. 甜蜜鼠至愛情人節
41. 歌唱鼠追蹤海盜車
42. 金牌鼠贏盡奧運會
43. 超級十鼠勇闖瘋鼠谷
44. 下水道巨鼠臭味奇聞
45. 文化鼠巧取空手道
46. 藍色鼠詭計打造黃金城
47. 陰險鼠的幽靈計劃
48. 英雄鼠揚威大瀑布
49. 生態鼠拯救大白鯨
50. 重返吝嗇鼠城堡

51. 無名木乃伊
52. 工作狂鼠聖誕大變身
53. 特工鼠零零K
54. 甜品鼠偷竊大追蹤
55. 湖水消失之謎
56. 超級鼠改造計劃
57. 特工鼠智勝魅影鼠
58. 成就非凡鼠家族
59. 運動鼠挑戰單車賽
60. 貓島秘密來信
61. 活力鼠智救「海之瞳」
62. 黑暗鼠恐怖事件簿
63. 黑暗鼠黑夜呼救
64. 海盜貓偷襲鼠神像
65. 探險鼠黑山尋寶
66. 水晶貢多拉的奧秘
67. 貓島電視劇風波
68. 三武士城堡的秘密
69. 文化鼠減肥計劃
70. 新聞鼠真假大戰
71. 海盜貓遠征尋寶記
72. 偵探鼠巧揭大騙局
73. 貓島冷笑話風波
74. 英雄鼠太空秘密行動
75. 旅行鼠聖誕大追蹤

76. 匪鼠貓怪大揭密
77. 貓島變金子「魔法」
78. 吝嗇鼠的城堡酒店
79. 探險鼠獨闖巴西
80. 度假鼠的旅行日記
81. 尋找「紅鷹」之旅
82. 乳酪珍寶失竊案
83. 謝利連摩流浪記
84. 竹林拯救隊
85. 超級廚王爭霸賽
86. 追擊網絡黑客
87. 足球隊不敗之謎
88. 英雄魔術事件簿
89. 蜜糖陷阱
90. 難忘的生日風波
91. 鼠民抗疫英雄

與老鼠記者一起
歷奇探險走天下！

親愛的鼠迷朋友，
下次再見！

謝利連摩・史提頓

Geronimo Stilton